ムーミン谷の
名言シリーズ
②

PIKKU
MYY

ちびのミイのことば

絵とことば　トーベ・ヤンソン

講談社

ちびのミイは、体は小さいけれど、だれにも負けない強さを持っています。
どんな環境にあっても、好奇心を忘れず、
自分のやりたいことをいちばんたいせつにします。
よく観察し、時にきびしいことも言い放ちますが、
それはゆるぎない本質で、だれにでも対等。
短くても心にぐっと刺さる言葉で、
今日もわたしたちを元気づけてくれるのです――。

ちびのミイが
教えてくれること

PIKKU MYY ON ITSENÄINEN

ミイの自立心

「ミイは、ひとりでやっていける子よ。
あたし、あの子に出会ったひとのほうが心配だわ」
こう、ミムラねえさんはいいました。
『ムーミン谷の夏まつり』

「そうだ、いいこと思いついた」
というと、ぽんぽんはずみながら、
きらきらに凍りついた丘をおしりですべり下りました。
そんなふうに六回もつづけてすべったので、
気がつくとおなかがすっかりひえてしまいました。
そこでちびのミイは、どうくつにもどってくると、
まだ眠っているねえさんを箱から追いだしました。
ミイはそりを見たことがなかったのですが、ピンと来たのです
──この段ボール箱は、きっと役に立つにちがいない、って。
『ムーミン谷の冬』

ちびのミイは、たいてい漁師の後を追いまわしていたのですが、
ことばをかわすということは、ほとんどありませんでした。
おたがいに相手のさばさばしたところを心地よく思いながらも、
つかずはなれずという関係だったのです。おたがいに相手を理解しようとか、
相手に印象をきざみつけようとか、そんなことはおかまいなしだったのです。
『ムーミンパパ海へいく』

6

ちびのミイは、あいかわらずスケートで、あちこち遠くまで行っていました。
ブリキのふたを台所のナイフにかえて、うまくブーツの下へ
しばりつけていましたっけ。
ときたまムーミントロールは、ミイが氷の上に描いた8の字を見かけました。
けれども、そのすがたを見ることは、めったにありませんでした。
ちびのミイはいつでも、自分ひとりでたのしむことを知っていました。
自分がなにを考えようと、春がどんなに好きであろうと、
それを人に話す必要を少しも感じなかったのです。
『ムーミン谷の冬』

「ミイ！ ああ、ねえ、ひどいんだよ、なんだかみんな変わっちゃって、
さびしくてさ……おぼえてるかい、夏にはさ……」
ムーミントロールが話しだすと、
「だけど、今は冬よ」
といってミイは、雪の中から銀のおぼんを引っぱり出しました。
「どう、みごとな宙返りだったでしょ？」
『ムーミン谷の冬』

ちびのミイは例によって、かってにどこかへ行ってしまいました。
かまわなくてもいいのです。
この子は、家族の中でもいちばんちゃっかりやですから、
すべてうまくやっていることでしょう。
『ムーミンパパ海へいく』

ちびのミイはドアのところで、ふりむいていいました。
「あたいは外で寝るから、ベッドはいらないわ。ベッドってつまんないもの」
『ムーミンパパ海へいく』

ちびのミイのお皿は、もちろんとても小さくて、
テーブルのまん中に置かれた花びんのかげにかくれています。
『ムーミン谷の夏まつり』

ムーミントロールがふたたび外へ出てきたときには、
しっぽに黒いリボンをむすんでいました。
そしてトゥーティッキのぼうしにも、小さな黒いリボンをつけてやりました。
ところがちびのミイは、黒いリボンをつけるのをそっけなくことわったのです。
「あたいがもしかなしいとしたって、
なにもそれを黒いリボンであらわす必要はないわ」
「きみがかなしんでいるんなら、それでいい。だけど、そうじゃないんだろ」
と、ムーミントロールはいいました。
「そうよ、かなしむなんてできないわね。あたいは、よろこぶか、おこるだけ。
あたいがかなしんだとして、いったいそれがりすにとって、
なにかの役に立つとでもいうの？ でも、あたいが氷姫に腹を立てたら、
いつか足にかみついてやるなんてこともできるわけ」
『ムーミン谷の冬』

白い光の中に影が一つ、さっと飛びこんできました。ボートでした。
へさきには、髪をたまねぎみたいに結ったすごいおちびさんがひとり、
すわっています。
（あれはミイね）と、ミムラねえさんは思いました。
『ムーミン谷の十一月』

ちびのミイは自信たっぷりに、危険をおかして、
開け放した北の窓の外にぶら下がっていました。
窓わくに、くぎで滑車を打ちつけていたのです。はね戸は開いているし、
ゆかの上にはなにか灰色のごたごたしたものが、転がっていました。
「こんなことをして、パパがなんていうと思ってるんだよ？
だれもあそこへ上ることはゆるされていないんだぜ。パパの部屋なんだから」
と、ムーミントロールはいいました。
「パパの部屋の上には、物置があるわよ」
ちびのミイはへいちゃらです。
『ムーミンパパ海へいく』

ムーミントロールは立ち上がりました。
そのとたん、波のようにさあっとわかったのです。
（なにもかも、ぼくがわるかったんだ。わかっていたのに。
ちびのミイが、相手と話しあって説得するような子じゃないって。
あの子は衝動的になにかやるか、見向きもしないか、どっちかなんだ）
『ムーミンパパ海へいく』

「こんなにも小さく生まれちゃって、ほんとにこまるわ」
ミムラねえさんはぶつぶついって、
「どこにいるのやら、わかったためしがないの。
ねえ、あの子にも木の皮の船を、一つ作ってやってくれない？
そしたら水おけの中で乗り回しているでしょうから、
あの子がどこにいるか、わかるようになると思うの」
とたのみました。
『ムーミン谷の夏まつり』

ムーミントロールが、ぽつんとひとりでぶらついています。
ちびのミイが丘をかけのぼるのも見えましたが、
その動きがわかっただけで、すがたはほとんど見えませんでしたっけ。
ちびのミイはきっぱりした性質の、独立心の強い子で、
だれにもたよりませんから、すがたを見せる必要もなかったのです。
『ムーミンパパ海へいく』

PIKKU MYY ON ITSEPÄINEN

好奇心でいっぱい

「よし、行くわよ」
ミイは、いじわるな北風の中で、
スカートをふくらませました。
そして右に左に雪だまりをうまくよけながら、
いかにもちびのミイらしい身のこなしで、
すいすい進んでいくのでした。
『ムーミン谷の冬』

「ぼく、今夜はこの木の上で寝るよ」
ムーミントロールが、とつぜんいいだしました。
「わたしも」
スノークのおじょうさんが、すぐに手をあげると、ちびのミイも、どなりました。
「あたいだって！」
「あたしたちは、家で寝るのよ」
ミムラねえさんが、きっぱりいいました。
「あそこには、アリがいるかもしれないのよ。さされたら、どうするの？
体がはれあがって、オレンジよりも大きくなっちゃうわよ」
「でも、あたい、大きくなりたいの。おっきくなりたい、おっきくなりたあい！」
『ムーミン谷の夏まつり』

ちびのミイは鼻をふんと鳴らして、箱から出ました。
それでもねえさんがまだ寝ているので、ふたをそっと閉めると、
ずんずん歩いていって、雪にさわってみました。
「ふーん、こんな感じなんだ。やたらとあるもんだわね」
そういうなり、ミイは雪をまるめて、子りすにわざとぶつけました。
『ムーミン谷の冬』

「それは、あたいたちのよ！」
ちびのミイはさけぶと、ぴょんと飛びあがって、
パンケーキの上にすわってしまいました。
「そんな、おぎょうぎのわるいことを！」
と、ミムラねえさんがきびしい声を出しました。
そして、ちびのミイを下ろして、パンケーキからごみをはらい、
テーブルクロスの下にかくしました。
『ムーミン谷の夏まつり』

冬というものをねじふせてやろうと、どうくつを飛び出したのです。
まず、凍りついた丘の上ですべって、ドスンとしりもちをつきました。
「あっそう。そういうつもりなのね！」
ちびのミイはすごんでいいましたが、
（足を空に向けてひっくり返っていたところは、どんなふうに見えたんだろう）
と想像して、長いことけらけら笑っていました。
『ムーミン谷の冬』

「きみ、それをどこで聞いたんだい？ だいたい、その通りだけどさ。
おどろいた子だなあ」
スナフキンは、びっくりしていいました。
「そりゃそうよ。それに、あたいにはひみつがあるんだわ」
ちびのミイが答えました。
「ひみつ？」
「そう、ひみつよ。嵐ではない嵐と、ぐるぐる回る居間のことよ。
だけど、教えてあげない！」
『ムーミン谷の夏まつり』

「ねえ、ねえさんってば」
ミイはこうさけんで、ミムラねえさんの背中をドンドンとたたきました。
でも、目を覚ましません。ぴくりともしないのです。
「あたい、おこるわよ。一度ぐらい、
きょうだいを助けたっていいんじゃないの？」
ちびのミイは寝ぶくろをけやぶって、飛び出しました。
どうくつの入り口まではっていって、なんだかわくわくしながら
寒々とした夜の暗闇をながめました。
「さあ、見てなさいよ」
ちびのミイは、すごむようにつぶやくと、切り立った岩山をすべり下りました。
『ムーミン谷の冬』

ホムサが見つけたものといえば、じゅうたんの下にはね上げ扉があることだけでした。
その扉のすぐ下には、黒い水がひたひたと流れています。
「これはたぶん、ごみをすてる穴ですね。それとも、室内プールでしょうか？
まさか、敵の死体を投げ入れる穴じゃないですよね？」
こう、ホムサはいいましたが、その扉に興味を持つものは、だれもいません。
ただ、ちびのミイだけが、腹ばいになって水の中をのぞきこんで、
こういいはなちました。
「敵のに決まってるわ。わるものたちのひみつの入り口よ。まあ、すごい！」
一日中、ちびのミイはそのまま、わるものを見張っていました。
でも、ざんねんなことに、わるものはひとりも見えませんでした。
『ムーミン谷の夏まつり』

17

スナフキンがパイプでさしたほうを見ると、
豆をいっぱい入れた小さななべが、
キャンプのたき火の上で、ぐつぐつ煮えています。
すぐそばには、熱いコーヒーもありました。
「でもきっと、きみはミルクしか飲まないんだろう？」
スナフキンがこういってたずねると、ちびのミイは、
ばかにしたように笑いました。
そして、すずしい顔でコーヒーをスプーンに二はい飲んで、
そのうえ、豆を四つぶも食べたのでした。
『ムーミン谷の夏まつり』

もちろんちびのミイも、なにかが起きているのに気づきました。
だからって、そのままもどってくるなんてはずはありません。
ミイという子は、海がもり上がるところを見なくては、
気がすみませんでした。
そこでむぼうにも、氷のいちばん外れまですべっていって、
海の顔をのぞきながら、そこで得意気に8の字を描いてみせました。
『ムーミン谷の冬』

「あたい、また眠くなっちゃったわ。
ポケットの中が、いつもいちばんよく眠れるの」
「そうかい。大切なのは、自分のしたいことがなにかを、
わかってるってことだよ」
スナフキンはそういって、
ちびのミイをポケットの中へ入れてやりました。
『ムーミン谷の夏まつり』

ちびのミイが、スナフキンのぼうしのつばから乗り出して、いいました。
「あれが、あたいのねえさんでなかったら、
あたい、シチューにされてもいいわよ」
「きみはミムラと、姉妹なのか？」
と、スナフキンがおどろいてたずねました。
「あたい、ずっと、ねえさんのこと話してたじゃないの。
ちっとも聞いていなかったの？」
ちびのミイは、あきれていいました。
『ムーミン谷の夏まつり』

ちびのミイはドアをバタンと開けると、
ガチャンと銀のおぼんを投げこみました。
「あの帆はわるくなかったわ。でも、あたいが本当に必要なのは、
マフよ。あんたのママのゆでたまごカバーで作ろうとしたけど、
どうやってもマフにならなかった。
あれはもう、宿なしのはりねずみにゆずるのも、
きまりがわるいくらいになっちゃったわ」
『ムーミン谷の冬』

PIKKU MYY ON SUORASANAINEN

思ったことは口に出す

「あの子たちは、きっと家を見つけますよ。かならず、ここへもどってくるわ！」
ムーミンママのことばに、ちびのミイがつけくわえました。
「あの子たちが、食べられちゃわなければね。もう、アリにさされて、
オレンジより大きくなっちまってるわよ」
「あっちで遊んでなさい！ じゃないと、デザートなしにするわよ！」
と、ミムラねえさんが怒りました。
『ムーミン谷の夏まつり』

「やあ、いらっしゃい！」
ムーミンパパがいいました。
「ご紹介しましょう。これが、わたしの家内。こっちが、むすこです。
それから、こちらはスノークのおじょうさん。
ミムラさん。ちびのミイです」
「ミーサです」
「ホムサです」
「ばかみたい！」
といったちびのミイに、ミムラねえさんが話して聞かせました。
「これが、紹介というものなのよ。あんたはいいから、だまってて。
きちんとしたお客さんなんだから」
『ムーミン谷の夏まつり』

ミムラはすすり泣きながら船のわたり板をかけ下りてきて、いいました。
「おめでとう。なんと愛らしいソースユールだこと。
子どもたち、おめでとうをいってらっしゃい。ふたりは結婚したのよ！」
「すっかり浮かれちゃってるわね」
と、ちびのミイはいいました。
『ムーミンパパの思い出』

「これはもう、どう見ても死んでるわよ」
ちびのミイがあっさりいいました。
「少なくともりすくんは、死ぬまえに美しいものを見たんだよね」
ムーミントロールは、声をふるわせました。
「そうかもね。でもどっちみち、そんなことはわすれちゃってるわよ。
あたい、この子のしっぽで、
小さくてかわいいマフをこしらえようと思ってるの」
『ムーミン谷の冬』

ちびのミイは鼻から息を吸って、歯の間からはきだしました。
これは、（こんなばかげたことって、聞いたことないわ）という意味の、
この子独特のいやらしいしぐさでした。
『ムーミンパパ海へいく』

「それでちやほやされると思ってるの？　まったく、だらしないわよ。
あたいにひっぱたかれたいわけ？」
ミイがどなると、ニンニはおとなしく答えました。
「いえ、えんりょします……」
「この子はあそべないんだよ」
ムーミントロールはつぶやきました。
「おこることもできやしないんだわ。それがこの子のわるいとこよ」
ちびのミイはそういうと、ニンニのそばに近づいて、
こわい顔をしてつづけました。
「あのさ、たたかうってことをおぼえないかぎり、
あんたは自分の顔を持てるわけないわ。ほんとよ」
『ムーミン谷の仲間たち』

「ふたりとも、ほんとに俗人ねえ」
ちびのミイは大きな声で文句をいって、窓のところに立つと、
がっかりしたように外をにらみました。
「なにもかも、元どおりになっていくわ。
あたいは島が沈むか、それともぷかぷかとうかんでどこかへ行くか、
空へ飛んでいくにちがいないって信じてたのに。
深刻なことはなにも起こらないのね……」
『ムーミンパパ海へいく』

「おぼえていないなあ」
と、漁師はつぶやきました。その目は不安そうに、
あちらの窓からこちらの窓へうつり、それからはね戸へと動きました。
「お誕生日、おめでとうございます。どうぞ、おかけください」
と、ムーミンパパはいいました。しかし漁師はつっ立ったまま、
ドアへ向かって後ずさりを始めました。
急にちびのミイが、かん高い声でどなりました。
「すわって、おぎょうぎよくするのよ！」
『ムーミンパパ海へいく』

「あたいたち、沈んじゃうよ」

　「あたいたち、食べられちゃうわね」

「こんどはあたいたち、燃えちまうわよ」

　　「あたいたち、もうじき死んじゃうのよ」
　　と、ちびのミイはいいました。
　　　　　　　　　　『ムーミンパパの思い出』

「あの男、ちょっと変じゃないか？」
パパは自信なさそうにいいました。
「すごく変よ。なに考えてるのか、わからないわね」
ちびのミイが答えました。
『ムーミンパパ海へいく』

「今年は、スナフキンの帰りがおそいわね」
すると、ミムラねえさんもいいました。
「もう帰ってこないのかもしれないわね」
つづけて、ちびのミイもわめき立てました。
「きっと、モランに食べられちゃったんだ！
でなけりゃ、穴に落っこちて、ぺしゃんこになってるんだわ！」
するとムーミンママが、いそいでいいましたっけ。
「おだまり、おだまり！
スナフキンは、いつもじょうずに切りぬけるでしょ」
『ムーミン谷の夏まつり』

「しかし、まったくひどい話だよ！」
ムーミントロールがさけびました。
「もう、ずいぶんむかしのことよ。どっちみち、あかりは消えているんだし」
と、ちびのミイはあくびをしながらいいました。
ムーミントロールは、鼻にしわをよせてちびのミイをにらみました。
「あんた、そんなになんにでも心をいためることはないわ。
さあ、あっちへ行って。あたい、ひと眠りするんだから」
『ムーミンパパ海へいく』

「ふーん、そうなんだ。
みんながパパのやしきを守ろうと必死でがんばってるっていうのに、
パパったら悪党と出かけて、こっそりおたのしみってわけね！」
するとパパはおこっていいました。
「ミイ、おまえさんにだって、秘密はあるだろう！」
『ムーミンやしきはひみつのにおい』

「もしキャンディが二つくっついていたら、一つに数えてもいいんでしょ」
『ムーミンパパ海へいく』

「まさか」
ちびのミイはいいました。
「そりゃそうよ、なんだっておもしろいのよ——多かれ少なかれ。
でも、いちばんおもしろいのは、あたいたちが大さわぎをして荷物をしょって
島へついたら、そこがほんとうにハエのふんだってことを発見するときね」
『ムーミンパパ海へいく』

PIKKU MYY ON
TARKKANÄKÖINEN
なんでもお見通し

「扉は開けてやらないぞ」
ムーミントロールはこういって、ふとちびのミイの目を見つめました。
その目はとてもたのしそうで、いたずらっぽく、あんたのひみつなんか、
みんな知ってるわよ、とでもいいたそうでした。
それでむしろ、ムーミントロールは気がらくになりました。
『ムーミンパパ海へいく』

「ふん、あたいがなんかいいふらすとでも思ってるの？
ひとのひみつをばらまくことなんかに、興味はないわ。
だいたい、ひみつというものはおそかれ早かれ、自分でしゃべっちゃうものよ。
いっとくけれど、この島にはどっさりひみつがあるわ。
でも、あたいはぜんぶ知っているんですからね」
『ムーミンパパ海へいく』

「だれかさんは、へんなガラスびんの中に、ひみつをかくしているらしいわね」
ミイはおかゆにスプーンをつっこむより先に、口を開きました。
「だまってろ！」
ムーミントロールはいいましたが、かまわずミイはつづけました。
「たぶんきっと、ヒルか、ワラジムシか、一分間に百ぴきにもふえる、
そんなに大きくないムカデかなんかを飼ってるわよ」
『ムーミン谷の仲間たち』

「あたいは父親や母親のことを、とやかくいおうとは思わないわ」
ちびのミイは、わざともっともらしくいいました。
「あんたのことだから、親たちはけっしてばかじゃないって、
すぐ反対するだろうけどさ。だけどあのふたりは、
なにかたくらんでいるわよ。なにをたくらんでいるんだか、
それがわかったら、あたい、グアノだってもりもり食べてみせるんだけど」
『ムーミンパパ海へいく』

「ふん！　これはふつうの島ではないわね。
ほかの島とはまるでちがって、海の底までつづいているんだわ。
指切りをしてもいいけど、ここではきっと、なにか事件が起きるわよ」
『ムーミンパパ海へいく』

「ママがいなくなっちゃったんだ！」
と、ムーミントロールはどなりました。
「ママなんてものは、ほかのものみたいに、
そうやすやすとなくなるものじゃないわ。
よく探せば、ママはいつだってどこかのすみっこから見つかるものよ。
あたいは島全体がはって逃げださないうちに、ひと眠りするわね。
いっとくけれど、遠からずここで、悪魔のしわざみたいな
大さわぎがあるわよ」
『ムーミンパパ海へいく』

「おこるんならおこるがいいさ」
ちびのミイは、歯でじゃがいもの皮をむきむき、意見をのべました。
「だれだって、ときにはおこるほうがいいのよ。
どんな小さなクニットだって、おこる権利はあるのよ。
だけど、パパのおこりかたはいけないわ。
パパはいかりを外へ出さないで、中におしこんじゃうんだもの」
『ムーミンパパ海へいく』

スナフキンは、ため息をつきました。
「おいで、おいで。ほら、元気出して、早く！　いいもの見せてやるからな」
「なにを見せてくれるの」
森の子どもたちは、たずねました。
「ほら、いいものだよ……」
スナフキンは、あいまいに手をひらひらさせています。
「そんなことやったって、どうにもならないわよ」
ちびのミイがいいました。
『ムーミン谷の夏まつり』

そのとたんに、ひとりの子がなにかこわい夢を見て、泣きだしました。
ほかの子たちも、みんな目をさまして、同じように泣きさけびました。
「おお、よしよし。あばばのばあ、ぷるぷるぷる！」
と、スナフキンがいいました。
だめです。なんのききめもありません。
「この子たちはあんたのこと、おもしろいと思わないのよ」
ちびのミイが説明しました。
「あたいのねえさんみたいにするのがいいわ。
だまらないと、たたきころしちゃうぞ！　っていうのよ。
そのあとであやまって、キャンディーをやるの」
「そうすりゃ、ききめがあるのかい？」
「ないわ」
『ムーミン谷の夏まつり』

ミイは肩をすくめると、またこけの下にもぐりました。
今までにも、人々がおたがいにちがった場所で待ちあわせて、
ばかみたいに会いそこなうのを、なんべんも見てきましたからね。
（どうしようもないわね。世の中って、そんなものよ）
『ムーミンパパ海へいく』

ちびのミイは鼻から息をぐうっと吸いこんで、
シューシュー歯の間からはきだしました。
「あの漁師は、はみだし者で、頭の中には、海草しかつまっていないのよ。
あたいにはひと目見た瞬間に、ちゃんとわかったわ。
あんなやつがふたりで同じ島に住むとしたら、
おたがいになんでもかんでも知りつくすか、さもなけりゃ、
まるきり関係なしにしたがるものよ。
きっと似たものどうし、どっちもどっちってとこね。
ほんとうよ。こういうことにかけては、あたい、目がきくんだから」
『ムーミンパパ海へいく』

ちびのミイは階段に腰かけて、単調な雨の歌を歌っていました。
ムーミンパパはどなりました。
「おい、わたしはおこっているんだぞ」
「けっこうだわ。だれかぴったりなかたき役が見つかったみたいね。
それで気が休まるでしょ」
と、ちびのミイはいいました。
『ムーミンパパ海へいく』

ムーミンパパは、はしごを下りるといいました。
「風向きが、少し北北東に変わってきているから、
きっと嵐はおさまってくるだろう。
ところで、いつかあの漁師をコーヒーに呼ぼうじゃないか」
「あのひとが、コーヒーなんか飲むもんですか。
海草と生魚しか食べないにちがいないわ。
たぶん、前歯の間からプランクトンを吸っているわよ」
と、ちびのミイがいうと、ムーミンママはびっくりしました。
「なんですって。とんだげてもの食いね」
『ムーミンパパ海へいく』

「それはそれは、いい感じの屋根裏部屋よ。
いいものもありそうだったわ。そのくぎをよこしてちょうだい。
食事のたびに階段を上がるのはあきあきしちゃったから、
エレベーターをこしらえているのよ。
あんたたちは、あたいをバスケットに入れてたぐりあげるか、
食べものをあたいのところへ下ろしてくれればいいの」
『ムーミンパパ海へいく』

PIKKU MYY ON KUJEILEVA

いたずら大好き

「なんでじろじろぼくを見るんだよ？」
ムーミントロールがわめくと、
ちびのミイはむじゃきにいいかえしました。
「あたいがあんたを見てるって？
なんであんたなんか見なきゃならないの。
たぶんあんたの後ろにいるものを
見ていたんでしょ……」
ムーミントロールは飛び上がって、
こわごわ後ろをふりかえりました。
「あっはっはっ。からかっただけよ」
ちびのミイはよろこんでさけびました。
『ムーミンパパ海へいく』

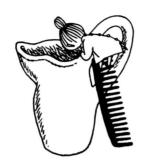

雨のふる、うす暗い夕方、ムーミン家のみんなはベランダのテーブルを
かこんですわって、その日に取ったキノコをきれいにしていました。
テーブルいっぱいに新聞紙をしいて、まん中には火を灯したランプが
置いてあります。でも、ベランダのすみのほうは、暗かったのです。
「ミイったら、またベニタケを取ったね。去年はテングダケを取ったっけな」
ムーミンパパがいうと、ムーミンママもつづけました。
「来年の秋は、アンズタケあたりであってほしいわね。
でなけりゃ、少なくともそれほど、毒でないのをね」
「いつも希望を胸に生きるって、いいことよ」
こういってちびのミイは、くすくす笑いました。
『ムーミン谷の仲間たち』

「おまえこそ、なんでクローゼットの上に乗ってるのさ。ばかみたい」
「だれかさんには、ばかみたいかしれないわね。だけど、あたいにとっちゃ、
これが、おそろしい運命からのがれる、ただ一つの手だてなのよ」
こういって、ミイはクローゼットのふちから身を乗りだすと、
小さい声でささやきました。
「生きたキノコが、もう居間まで来ているのよ」
「えっ！」
と、ホムサはいいました。
『ムーミン谷の仲間たち』

ムーミンやしきの階段の上では、ミムラねえさんが声をからしてさけんでいました。
ちびのミイは、数えきれないほどのかくれ場所のどこかに、
にやにやしながら引っこんでいるのです。
それは、ミムラねえさんも知っていました。
『ムーミン谷の夏まつり』

スナフキンは、ため息をつきました。ここへは、大切な用事で来ていたのです。
それに、ムーミン谷へもどるまえに、もう少し、ひとりでいたくもありました。
ところが、どこかのうっかりもののミムラが、自分の子どもを
裁縫かごに乗せて流してしまったのです。
いやはや、こまったことになりました。
「ママは、どこにいるの？」
「食べられちゃったの」
ちびのミイはさらりとうそをつくと、たずねました。
「なにか、食べものを持ってない？」
『ムーミン谷の夏まつり』

「それ、うちの末むすめのミイのしわざだわ。
なんて個性的な子なんでしょ、排気管にオートミールを流しこむなんて！」
と、ミムラはうれしそうにいいました。
『ムーミンパパの思い出』

43

「ほんとに自己中心的だわ」
と、ちびのミイはいいました。
「ここにいるのはママばっかり。あたいたちを描くことはできないわけ？」
『ムーミンパパ海へいく』

「だって、アリって、蚊と同じようなものでしょ。
だからアリをやっつけるのはいいことじゃないの。どっちにせよ、
あんたはあたいがアリになにをするか、ちゃんと知っていたはずよ。
あたいがそれを口に出さないことを、願ってただけだわ。あんたったら、
ほんとに自分自身をだますのがじょうずね！」
ちびのミイがいいましたが、これには返すことばがありませんでした。
その晩ちびのミイは、ムーミントロールが、見つからないように
ヒースの中をはっていくのを、ちらと見ました。
『ムーミンパパ海へいく』

パパがママのところまで行きつかないうちに、
うなり声が聞こえたかと思うと、
赤いいなずまがさっと桟橋を走りぬけたのです。
とたんにムーミンパパが、
「ぎゃっ」
と悲鳴をあげて、ぼうしを海の中に落としてしまいました。
ニンニの見えない小さな歯が、ムーミンパパのしっぽに穴が開くくらい
深くかみついたのでした。それほど、するどい歯でした。
「ブラボー、ブラボー！ あたいがやったって、あんなにうまくはできないわ！」
ミイがさけびました。
『ムーミン谷の仲間たち』

公園番は太陽のように輝きながら、出口のほうへすっとんでいきました。
おしよせるニョロニョロの群れに追いかけられながらね。
おくさんのほうは、さっきから、公園のフェンスを乗りこえようとしていました。
子どもたちだけが、びっくりぎょうてんして、砂場の中にすわったままでいました。
「スカッとしたわ！」
ちびのミイが、感心していいました。
「そうだろ！」
スナフキンは、ぼうしをかぶりなおして答えました。
『ムーミン谷の夏まつり』

ムーミントロールは、
こっそりしっぽを引っこめていいました。
「もしかして、
モランがまた来たんじゃないよね？」
「ちがうわ、
モランなんかじゃないってば。
あいつは大きすぎて
ドアのところでつっかえちゃうし、
くさくもないし。
これはかなりちんちくりんの
ちっぽけ悪党がからんでるわね」
「なんだか不気味だな」
「そりゃもう、もちろんよ」
へんてこことば専門家の
ミイがいいました。
『ムーミンやしきはひみつのにおい』

スナフキンはこまりきって、ちびのミイの顔を見ています。
「モランのことをいって、おどかしなさいよ！　あたいのねえさんは、そうするわ」
と、ちびのミイが教えました。
「それで、きみは、いい子になるのかい？」
「もちろん、ならないわよ！」
ちびのミイは転げ回って、笑いました。
『ムーミン谷の夏まつり』

「いいわ、それならあのひとのために、ぜひともパーティーを開いてあげなきゃ。
そうですとも、漁師にだって誕生日はあるわよ」
「あのひとへのプレゼントなら、かんたんよ。海草の小さなつつみ！
こけの一かたまり！　でなきゃ、カビなんてどう？」
と、ちびのミイはいいました。
「まあ、あなたはわるい子ね」
ムーミンママがいうと、ちびのミイはわめきました。
「だって、そのとおりだもの」
『ムーミンパパ海へいく』

スナフキンは、こわくなってしまいました。
「なにしろぼくは、子どもなんて、ぜんぜんなれてないからなあ！
この子たちのことが好きかどうかも、ぼくにはわかんないよ！」
「でも、この子たちのほうは、あんたが好きなのよ」
ちびのミイは、にやにやしています。
『ムーミン谷の夏まつり』

PIKKU MYY ON
ROHKEA

だれよりも勇敢！

するどくて危険な
冬のにおいをかぎながら、
海辺に立ち止まると、
耳をすましました。
はるかかなたにそびえる、
おさびし山から、オオカミの
遠ぼえが聞こえます。
「あれは本気ね」
暗闇の中で顔をしかめながら、
ちびのミイはつぶやきました。
『ムーミン谷の冬』

「おや、これは小さいミムラじゃないか」
スナフキンはそういって、パイプを口からはなしました。
それから編みもののかぎ針で、ちびのミイをそっとつっついて、
やさしく声をかけました。
「こわがらなくて、いいよ」
「あたい、アリだってこわくないわ！」
ちびのミイは起き上がりました。
『ムーミン谷の夏まつり』

みんなは子りすを古い水泳帽にくるむと、
身をさすような寒さの中に出ていきました。
ふみしめる氷がミシミシ鳴り、はく息は白いけむりになりました。
鼻がこわばって、しわをよせることもできません。
「こりゃ強行軍ね」
ちびのミイはうれしそうにいって、凍りついた波うちぎわを
スキップしていきます。
『ムーミン谷の冬』

「そのとおり、あたいはほんとうに頭がいいのよ」
ちびのミイがいいました。
『ムーミンパパ海へいく』

「この世のおわりなの？」
ちびのミイが声をはずませて、聞きました。
「そんなところよ。あたしたち、もうすぐ天国へ行くんだから、
あんたも今のうちにいい子になるようにしてよ」
と、ミムラねえさんがいいました。
「天国だって？　あたいたち、天国へ行かなきゃならないの？
どうやったら、そこから出てこられる？」
『ムーミン谷の夏まつり』

ちびのミイは、けたたましく、わめき立てました。
「あたいのねえさんを助けて！ ライオンをぶちころして！」
そしてとつぜん、必死に舞台へ飛びあがると、ライオンにとつげきし、
そのするどい歯でライオンの後ろ足にかみついたのです。
ライオンは悲鳴をあげて、舞台のまん中でまっぷたつに折れてしまいました。
『ムーミン谷の夏まつり』

はじめのうち、割れ目はごく小さいものばかりでした。
見わたすかぎり、そこら一面に「危険」と書いてあるようなものでしたけれど。
氷は弓のようにたわんで、高くもり上がったり、低く沈んだりしています。
そしてときどき氷を打ちくだく、お祝いの大砲のような音がとどろいて、
ちびのミイの背すじに、気持ちよいスリルを走らせるのでした。
「おばかさんたちが、あたいを助けようなんて、やってきませんように……。
それじゃ、台なしよ」
『ムーミン谷の冬』

スナフキンがいいました。
「ぼくにも、ひみつがあるのさ。このリュックサックに入ってるんだ。
もうちょっとしたら、見せてやるよ。あるわるものとの決着をつけてやるんだ！」
「そのわるもの、大きい？　それとも、小さい？」
ちびのミイは、たずねました。
「小さいよ」
「そりゃ、いいわ。小さいわるものは、すぐつぶれるから、ずっといいわね」
『ムーミン谷の夏まつり』

ちびのミイは丘の上に立って、よろこびと感嘆のまじった声をあげました。
こわしたたるから取った板をブーツの下へしばりつけています。
「こんどは、あたいが行くわ！」
こうさけぶと、ためらいもせずに、丘を一直線にすべりだしました。
ムーミントロールは片目で見上げながら、
あの子ならきっとうまくやるだろうな、とわかっていました。
ミイのおこったような小さい顔はいかにも自信たっぷりで、
小枝のような足はしっかりと大地をふんでいました。
『ムーミン谷の冬』

今や割れ目は大きく広がって、急な流れができています。
おこった小さな波がしきりにはね上がり、しぶきをあげています。
とつぜん海が、ぐらぐらゆれながら、
でたらめにぶつかり合う氷の島でいっぱいになりました。
そのうちの一つに乗っかったちびのミイは、
まわりがどんどん水ばかりになっていくのをながめていましたが、
たいしてこわがりもせずに、
（まあ、おもしろくなってきたわね）
なんて考えていたのです。
『ムーミン谷の冬』

ムーミントロールは最後の一飛びに失敗し、
耳までざんぶりと海につかってしまいました。
小さい氷のかけらが、やたらと首にぶつかりました。
ちびのミイは、そのときにはもうムーミントロールの耳をはなして、
ぱっと陸地に飛びうつっていました。
ミイのようにいつでも身軽にふるまえたら、どんなにいいでしょうね。
『ムーミン谷の冬』

風が塔の中でうなり声をあげ、ドアが大きな音をたてて閉まりました。
「コーヒーはもうできた？」
と、ちびのミイがたずねました。
「こんな天気だと、すごくおなかがすいちゃうわ。
大波は黒池までおしよせるし、あのはみだし者のいる岬は、
はなれ小島になったわよ。あいつは吹き飛ばされてひっくり返って、
ボートの下で、雨のしずくを数えているわ」
『ムーミンパパ海へいく』

だれかが──それか、なにかが
（思いつくかぎり、それよりきっともっと不気味なものですよ）、
家の中をこっそりかぎまわったのです。
それって、知り合いでもないし、
通りすがりのなにかでもないに決まっています。
「めちゃくちゃあやしいわ」
ミイはがぜん、生き生きしてきました。
『ムーミンやしきはひみつのにおい』

三人は島をつっきって、今はもう水の下に没してしまった岬まで、
走っていきました。ちびのミイは興奮して、ぴょんぴょん飛びはねています。
風でほどけた髪が、光の環のようになびきました。
『ムーミンパパ海へいく』

「なにをこわがってるのよ。島全体が、なりふりかまわず逃げだすなんて、
おもしろいじゃない？ あたいはとてもおもしろいと思うわ」
『ムーミンパパ海へいく』

引用元一覧

ムーミン全集［新版］ トーベ・ヤンソン／作　畑中麻紀／翻訳編集

③　ムーミンパパの思い出　小野寺百合子／訳

④　ムーミン谷の夏まつり　下村隆一／訳

⑤　ムーミン谷の冬　山室 静／訳

⑥　ムーミン谷の仲間たち　山室 静／訳

⑦　ムーミンパパ海へいく　小野寺百合子／訳

⑧　ムーミン谷の十一月　鈴木徹郎／訳

ムーミンやしきはひみつのにおい

トーベ・ヤンソン／文　ペル・ウーロフ・ヤンソン／写真　渡部 翠／訳

（本書では訳文を改めています。）

ムーミン谷の名言シリーズ②　ちびのミイのことば

2020 年 12 月 8 日　第 1 刷発行
2023 年 5 月 8 日　第 2 刷発行

著　者　トーベ・ヤンソン
訳　者　下村隆一、山室 静、小野寺百合子、鈴木徹郎
翻訳編集　畑中麻紀
装　丁　脇田明日香
発行者　渡瀬昌彦
発行所　株式会社講談社
　　　　〒 112-8001 東京都文京区音羽 2-12-21
　　　　電話　編集 03-5395-3535　販売 03-5395-3625　業務 03-5395-3615
印刷所　株式会社新藤慶昌堂
製本所　大村製本株式会社

N.D.C.993 58p 20cm ©Moomin Characters™ 2020 Printed in Japan ISBN978-4-06-517867-6

美しい絵とさりげない一言が、
あなたの毎日を変えるかも──。
ムーミン谷の住人が教えてくれる、
ちょっとすてきな生き方。
お手元に置いて、お好きなところを
開いてみてください。

絵とことば　トーベ・ヤンソン

定価：本体各 1500 円（税別）

❶『スナフキンのことば』

❷『ちびのミイのことば』

❸『ムーミンママのことば』
（2021 年 1 月発売予定）

❹『ムーミントロールのことば』
（2021 年 2 月発売予定）